云中雨思

张新成 著

日落涧水深，宿鸟惊松林。
万户皆已眠，星光赶路人。

黄河出版传媒集团
阳光出版社

图书在版编目（CIP）数据

云中雨思 / 张新成著. -- 银川：阳光出版社，2023.7
ISBN 978-7-5525-6916-2

Ⅰ. ①云… Ⅱ. ①张… Ⅲ. ①诗词－作品集－中国－当代 Ⅳ. ①I227

中国国家版本馆CIP数据核字（2023）第135083号

云中雨思　　张新成 著

责任编辑　金小燕
特约编辑　李　亮
封面设计　赵　倩
责任印制　岳建宁

黄河出版传媒集团
阳光出版社 出版发行

出 版 人　薛文斌
地　　址　宁夏银川市北京东路139号出版大厦（750001）
网　　址　http：//www.ygchbs.com
网上书店　http：//shop129132959.taobao.com
电子信箱　yangguangchubanshe@163.com
邮购电话　0951-5047283
经　　销　全国新华书店
印刷装订　宁夏银报智能印刷科技有限公司
印刷委托书号　（宁）0026569

开　　本　880 mm × 1230 mm　1/32
印　　张　5.625
字　　数　100千字
版　　次　2023年7月第1版
印　　次　2023年7月第1次印刷
书　　号　ISBN 978-7-5525-6916-2
定　　价　39.00元

自序

幼时起，我便性喜读书，见了书，其余便索然无味了。因我是家里最小的孩子，出于爱惜，家人对我也予以很大的支持，只要我能说出书名来，父亲都会在最短的时间内为我买回来。母亲虽没有上过学，但受外祖父的影响，偷学了不少。她的知识面比较宽，文学、历史、地理、民俗都有涉猎。她在闲暇时教我读《幼学琼林》《三字经》《百家姓》《朱子治家格言》等，尤其《幼学琼林》，她很喜欢教我读这本书。上小学时，住在外祖父家。每天晚上，外祖父都会给我讲那些遥远的古人古事，不时穿插一些《声律启蒙》《笠翁对韵》《训蒙骈句》《时古对类》等书的内容。

这样的启蒙教育，使我对中国传统文化产生了兴趣。

上大学时，我学的是中文专业，遇到了一位对我影响很大的人：殷宪教授。他是魏碑书法专家，研究方向是北朝史。在我入学的第二年，殷教授突发奇想——在文史学院找几名喜欢古诗词的学生来教。但文史学院书记王世民费了很大劲，只找到我一个喜欢古诗词的学生。殷教授有点失望，但聊胜于无。殷教授做的最多的是给我布置读书任务，并要求定期上交习作，他予以评价指点。在殷教授的指导下，我读了不少关于诗词格律的书，对诗词的创作有了一定的了解，更重要的是，我的大脑中不时会蹦出很有诗意的句子和词汇。

真正写诗，始于壮年。毕业后，我在老家一所中学教书七年，因母亲下世没有了牵挂，就有了出去看看的想法。权衡再三，决定考研。功夫不负有心人，我考入山西师范大学戏曲文物当代研究所，专攻中国古代戏曲文学与民俗。在这里遇到了黄竹三先生和冯俊杰、车文明、延保全等老师。他们都师出名门，而且都有自己的一套研究理论。在他们的指导下，我又阅读了很多中国古代戏曲剧本，老师们经常带我去各地收集和戏曲相关的戏剧碑刻以供研究，我再一次受到了中国古代诗词的熏陶，激发了古诗词创作的兴趣。研究生三年，由于功底欠缺，思想还未成熟，所写的尽是些直白之文。

或许，四十五岁就是人生的一个分水岭。那年，刚带完一届高三毕业生。一位学生要去北京上学，来看我时说："老师，你的诗写得很好，班里很多同学经常去你的 QQ 空间看。虽然我们看不明白，但觉得那就是诗该有的样子。"自此我有了把这些年积累起来的零碎整理一下，给自己一个交代的想法。把多年积累的"残臂断肢"找出来，或进行拼接，或改造扩充，形成一首首看似很像诗的粗坯，然后进行打磨。做这些事，其实很痛苦，十几年前的事要一一再现当时的情境，是何其艰难啊！所以"拼凑"

抑或是“手术加工”，大多是“推翻再造”。这样，进度相当缓慢，有时烦得抓狂，但咬咬牙，都坚持下来了。查典故、看韵书、推敲用词，有时候一句诗可能得琢磨几天，思维渐渐地步入了正轨。随着时间的推移，所取得的成果日渐显现。

诗歌以抒情为上。古人也以“诗言志”为根本，但唐代中叶格律诗体制完备后，律诗绝句就逐渐走上了“过分强调格律、作诗用韵刻板、平仄对仗严苛”的道路，造成很多诗人走上唯格律，甚而因律害意的道路。诗应该是个人的性情抒发，当任其肆意流淌、奔放，约于律则如截奔流，使其势不能抒展。这样，诗人怎能有真性情之语？诗章格律之法，虽然是将诗进行理性化分析之良方，是一种诗体格式之总结，但过分讲格律恰恰是丢了诗之要旨。真正的诗在“意”，不在“格”，“意”应该百家争鸣，“律”则当百花齐放。清朝诗人、散文家、文学评论家、以“性灵”论诗的袁枚，就提倡“诗在骨不在格”。

其实，时代发展，诗歌也应以开放的姿态展现。格律可讲，但不可死讲，讲多了不利于诗歌的发展。世殊时异，我们又何必完全取用古人的创作规则来反映新时代的生活。时代发展，文学语言格式也应变通。很多字的读音古今不同，按《词林正韵》来作诗填词，反而读起来别扭，更谈不上合辙押韵了。我在写作时，能用《词林正韵》里的韵字来规范自己的作品就用，不能就用普通话的韵字来代替，唯求其大体相似，韵脚读之上口，字数相近。就这样按着自己对诗的理解一路走来，写了（抑或是拾古人牙慧）几百首，并从中选取一些结集出版。

此，自序也。

目录 CONTENTS

自然风光

怀古思乡

人文风俗

人生感悟

自然风光

沙 湖[1]

逐鱼鸥鸟易成群，天际浮岚静无尘。
孤舟静浦盈盈水，疏影微波淡淡云。
此情无心呈景象，谁人有意解天文？
一湖芦花多自赏，日光月色待秋深。

楼 兰

千年古道覆黄沙，长歌如梦在天涯。
岁岁空寂冷日月，夜夜难消愁琵琶。
楼榭殿阁前朝景，粉面朱唇昨夜花。
依稀故里寻旧迹，阳关一曲落晚霞。

---

①沙湖：位于宁夏回族自治区平罗县境内的景区，以自然景观为主。

沙坡头[1]

漫漫黄沙千里疆，孤烟落日尽收藏。
驼铃隐隐传天意，帆影悠悠伴史航。
辽宋争胜多死国，夏元换纪又称王。
贺兰月照关山旧，还拟新词话夜凉。

黄河壶口瀑布[2]

力破昆仑九曲来，声势可挟帝王才。
汉唐刘李轩辕过，可比奇观石上开？

①沙坡头：位于宁夏回族自治区中卫市城区西部腾格里沙漠的东南缘，集大漠、黄河、高山、绿洲于一处，具西北风光之雄奇，兼江南景色之秀美。

②黄河壶口瀑布：位于晋陕大峡谷的南段，是中国第二大瀑布，世界上最大的黄色瀑布。

深秋三首

（一）

雁过贺兰万木秋，一轮秋月锁高楼。

泰风不解纱窗绿，故把更声檐下留。

（二）

西山萧萧夜不眠，黄醴金樽手中天。

黄花开罢枝头瘦，玉管难尽半生缘。

（三）

西风檐下吹，冷月柳梢悬。

无忌清霜晖，唯怜锦帐寒 。

长天千里梦，孤盏一人怨。

且把相思付，更深望南山。

冻雨梅花

不见春光不作诗，蓬莱仙境傍河池。

观花伊人玲珑色，怎及冰破映梅姿。

登阅江楼[①]

——兼读宋濂《阅江楼记》有感

日暮大江去，烟寒蔽远洲。

波催风脉脉，影遣水悠悠。

寂夜千帆尽，孤客一江愁。

聊表景仰意，再上阅江楼。

---

①阅江楼：位于江苏省南京市狮子山巅扬子江畔。

雪荷

残蓬覆雪叶经霜，自把春心泥下藏。

待得来年烟雨日，东风宴客一城香。

油菜花

栉风沐雨久经霜，三月花开匝地黄。

自古难登名卉谱，而今欣入大家章。

镰刀刈获千粒籽，石磨研得一缕香。

进却朱门与白屋[1]，造得百味品炎凉。

---

①白屋：指平民或寒士。《后汉书·文苑传下·高彪》："昔周公旦父文兄武，九命作伯以尹华夏，犹挥沐吐餐，垂接白屋，故周道以隆，天下归德。"

凤城秋夜

梧桐叶落冷边关，宵明烛光[①]几更还？
流云风卷暗霜雪，一色灯火万家安。

暮秋听风

云卷银浦月渐高，西风乍响起金潮。
荻花飞去天涯近，黄叶轮回咫尺寥。
坎坷人世多聚散，偃蹇[②]岁月少逍遥。
一缕诗情伊人远，玉笛声声入九霄。

①宵明烛光：传说舜女名。《山海经·海内北经》："舜妻登比氏，生宵明、烛光，处河大泽，二女之灵能照此所方百里。"

②偃蹇：高耸貌。

秋夜听雨

忆别长安送凤台，柿红菊妍几归来？
愁听孤吟风雨急，绿玉[1]敲窗天欲白。

瞻 园[2]

风雨晨昏六百年，华庭贵府还真颜。
菱荷竹柳香飘树，馆阁楼台水映天。
文史踪迹楼里阅，私家宝器柜中观。
别时回首门前论，何愧天朝第一园！

①绿玉：竹子的别称。唐白居易《履道新居二十韵》："篱菊黄金合，窗筠绿玉稠。"

②瞻园：南京现存历史最久的一座园林，已有600多年的历史。

长 江

天开地辟落九霄，一路奔腾势滔滔。

金沙寒水轻舟渡，扬子东风彩鹢[1]漂。

白帝托孤臣子泪，秦淮看月白下桥。

前尘故事浮云散，唯待我辈立大潮。

西 山[2]

西陲幕落山色酽[3]，一水流霞气定闲。

云居风韵出天际，妙峰环翠起炊烟。

---

①鹢：一种水鸟。古代常在船头上画鹢，着以彩色，因亦借指船。

②西山：指北京西山，是太行山的一条支阜，古称“太行山之首”。

③酽：本义指茶、酒等饮料味厚，引申为颜色深。

黄 河

磅礴气势啸九天，雾锁云封越万年。
高崖陡壁蜿蜒耸，深壑平川诡谲连。
风雨炎黄承一脉，兴衰世故续长篇。
此河由来多雄壮，访古论今纵马前。

潭柘寺[1]之春

碧山千年落离宫，桃红坠涧绿无声。
石上水流动皆静，岫间云出幻且宁[2]。
人去杳杳清音远，龙来隐隐晦语明。
古松虬枝西天路，檐边弦月伴钟鸣。

---

①潭柘寺：位于北京西部门头沟区东南部的潭柘山麓，因寺后有龙潭，山上有柘树，故民间一直称为“潭柘寺”。

②化用乾隆题潭柘寺流杯亭：“石上水流动皆静，云间山出幻而宁。”

再谒潭柘寺

再临潭柘访名山，松柏森森迎客还。
夕照笔架[1]腾紫气，星垂妙峰映仰山。
碧翠金光琉璃吻，流泉修竹江南园。
心绪沉沉追往事，无边翠色解愁颜。

夜 待

红烛短釭照楼台，山肴野蔌次第排。
白马[2]门前蹄香引，故人乘月迤逦来。

①此处指笔架峰，北京西山山峰之一。山势平缓，因岭脊部有数峰突起，远眺似笔架状，故名。

②白马：古津渡名，在今河南省滑县北。

连阴天雨霁

昔逢细雨晚连阴，翠减红销柳色深。
一径天开灯火少，无边星辉夜沉沉。

春望二月

无故放眼觅远山，紫燕衔春何时还？
石溪冰裂枯荻震，惊起河滩鸿一干。

田 家

林深黄鸟啼不休，浅草瘦蝶曳春愁。
梨花溪口效梅骨，一段轻香入西畴。

春宵

春宵几度烛影沉，桃花影下闲抚琴。

中天①香梦更鼓远，只见南窗夜如深。

秋日临河

横吹箫管竖调琴，西水东流沁我心。

秋光浅淡映秦楼，月色熹微②笼河津。

命蹇③似纸逐鸿波，心淡如菊不染尘。

清歌一曲谁知味，看取胡杨满树金。

---

①中天：犹参天。

②命蹇：命运不好，常指仕宦困顿。

③熹微：光线淡弱貌。晋陶潜《归去来辞》：“问征夫以前路，恨晨光之熹微。”

春日

斜晖脉脉照弦溪，逐水紫电剪柳啼。

惬坐舟车归去晚，如钩新月照亭西。

梦邀桃园

故友久未见，兴许待桃开。

殷勤遣青鸟，频繁差使来。

春阳双燕至，孟夏锦鳞归。

欢喜筹银箸，精心拭玉杯。

嘉客如期到，正值桃花催。

盈盈笑语过，同歌饮绿醅①。

①绿醅：绿色美酒。唐白居易《早饮醉中除河南尹敕到》：“绿醅新酎尝初醉，黄纸除书到不知。”

春节倭海棠[1]花开二首

（一）

一树海棠生葳蕤，意态恰似朱砂梅。
嫩芽尚不畏雪去，嫣红犹已带春归。
寻常巷陌时时顾，风雪晨昏痴痴陪。
簇簇新色难写尽，花前觅句久徘徊。

（二）

寒香碧翠寂寞时，南窗老木探新枝。
红花奉月银河冷，白雪傍崖星空迷。
繁思落尽灯烛去，片语胸无赋文迟。
茗烟淡去铜炉暖，十里春光沈梦知。

---

①倭海棠：指日本海棠，也叫日本木瓜。

水月吟

弦月随风水绕廊，醉心望月秋波长。
月影浮动流星雨，水韵平添跃金光。
年华曾落碧水畔，水月常留渡头江。
月色无边伴云去，一溪清辉到客乡。

夜秦淮

千年客惊人事多，凤琴百畤影婆娑。
听曲凭栏霓裳起，把盏临风对月歌。
朱雀桥头谁见古，乌衣巷里堪弄拙[1]。
花灯不似南朝夜，绮舞绫缭逐逝波。

①弄拙，即弄巧成拙。本想卖弄聪明，结果事与愿违。这里指桓温第三次出兵北伐失败，还奢求朝廷加九锡，受制于王谢势力阻碍，未能如愿。

秋日杂诗四首

（一）

危天月明双星低，霜菊弄香夜色迷。
滴漏回声穿夜过，晓风桂香燕子啼。

（二）

晚风吹动满天星，漫天秋色挂窗棂。
浮生别寄半生去，闲花空落舞前庭。

（三）

远暮秋来催霜鬓，月冷灯寒愁煞人。
霜归雁去无书信，红尘如酒梦似真。

（四）

雨后秋山一时新，翠露绿珠浓似春。
误入南山篱前醉，碧空如水月如轮。

暮春四首

（一）

杨花四月款东风，不妒夭桃一树红。

曼舞长天飞作雪，年年春日总不同。

（二）

不闻西山远霞飞，偏听宿鸟唱新枝。

语语声声怜春老，花浅叶浓柳依依。

（三）

飞花逐怨拈衣袖，红浅翠深春色透。

清愁无边随波去，一段乡思银笺瘦。

（四）

杨花乱舞自轻狂，乘风肆意绕牙樯[①]。

南北西东千万处，不知深浅弄苍黄。

---

①牙樯：象牙装饰的桅杆。一说桅杆顶端尖锐如牙，故名。后为桅杆的美称，此处借指舟船。

三月看桃五首

（一）

贺兰山巅雪正融，万里当看杨柳风。
不惜阶前新草绿，但怜陌上老枝红。
人生几度沧桑去，物境千年寂寞终。
花开争相及第早，春来我自第一声。

（二）

风润雨酥谒桃花，树树惊醒吐新芽。
女夷[1]远道催紫燕，搬来春色驻千家。

（三）

家燕衔春万户栖，花声不断和莺啼。
袅袅东风扶金柳，满山金翼逐香飞。

---

①女夷：主春夏万物生长之神。

（四）

雨浥桃枝处处新，千叠粉嫩喜迎春。
习习香风似花语，蝶舞爱煞耕田人。

（五）

鹅柳嗟春[1]百媚生，长丝钓水小舟横。
桃花万朵熏千处，八九新枝透粉盈。

水上公园

东风酣醉过小溪，芦芽未醒柳眼眯。
一湾碧水盛新月，鹊声惊碎绿颇黎[2]。

---

①嗟春：感叹春光。南宋颜奎《大酺（和须溪春寒）》：“嗟春如逆旅。送无路、远涉前无渡。”

②颇黎：指状如水晶的宝石，此处指玻璃。

瘦西湖

销魂烟云锁长桥，情断水去舟随潮。
松韵磬语山寺隐，月伴清风天自遥。

正月十三平城大雪

雾裹冰霜夜苍凉，玲珑六出映华堂。
西风怒号檐前过，隔窗观花犹见香。

新 春

初春新云缀苍穹，向阳处处换妆容。
悬竿香饵逐锦鲤，倚轩碧桃透腮红。
千万杨柳携碧水，两三蜂蝶穿花丛。
紫燕北归寻旧垒，绿窗深处意重重。

觉山寺[①]

（一）

斜阳沁古道，山寺晚来钟。
不识空门语，但看千年松。

（二）

深山藏古寺，松掩千重峰。
笋傍清泉出，枝随野云横。
归鸟宿枯树，绿阶映老藤。
月夜无所事，隔窗听涛声。

①觉山寺：位于灵丘县城东南觉山，创建于北魏孝文帝太和七年（483 年）。

梅雪争春二首

（一）

琼花弄影展姿容，缟袂绡裳别九重。

画浸千枝催玉蕾，露润万壑照青松。

彩笺著色伏书案，砂墨留香走笔锋。

唯恐山水不达意，轻点啼鸟访客踪。

（二）

苦雨嫩枝来，凄风淡蕊开。

傲骨出寒英[①]，幽香落仙胎。

玲珑争芳艳，冰洁现莹白。

平生诗赋意，前世费君猜。

①寒英：雪花的雅称。

茅山初冬

兴致登高望，颠与浮云齐。

山空烟柳瘦，水寒劲草低。

踏雪寻梅早，开轩就菊迟。

不知春意近，子规绕枝啼。

桃开三月

不是仙眷不是妖，一枝新艳起春潮。

偷得瑶池三分色，留存人世数日娇。

蒙雨丝丝新露吐，岚峰隐隐烟霞娆。

青阶月近香风暖，盼与刘郎[1]探九霄。

---

①刘郎：指东汉人刘晨。唐司空图《游仙》诗之二："刘郎相约事难谐，雨散云飞自此乖。"

早 春

酥雪争春曲苑来，一树轻妆隐楼台。

月如浮香云似水，玉管轻奏绮筵开。

暮 春

悲风一夜送了春，千花糁径[1]不由人。

幽幽香草滴花泪，溅溅清溪浮碎痕。

社燕衔泥逐落日，垂杨飘雪付流云。

子规啼彻相思语，平仲[2]添愁盼月新。

①糁径：散乱落满春花的小路。

②平仲：银杏的别名。明方以智《通雅·植物三》："平仲，银杏也。一名枰，一名火穣木，白果，叶如鸭脚。"

江南春

翠柳含烟有若无，风流娴静越仙姝。

春情一刻君已晓，薄酒千杯梦未枯。

月落潮平歌又起，日浮云升影相呼。

世人不解渔家傲，空羡江心独钓图。

蔷 薇

红肥绿瘦一院香，凝思方知情味长。

隐隐春心皆是喜，瑟瑟秋意不曾惶[1]。

祥云逐日飞瑞鸟，紫气盈门现灵光。

莫笑凡人多为句，花开之处是文章。

---

①惶：恓惶，悲伤。《旧唐书·李重福传》：“天下之人，闻者为臣流涕；况陛下慈念，岂不愍臣恓惶？”

三月中旬过小区外桃林

又见山前月半悬，春江泛潮起尘烟。

日日相思无人问，枉住桃林又一年。

阿拉善左旗亲王府

一檐萧瑟一檐风，物是人非殊不同。

寒柳经霜情怯怯，枯荷沐雨意朦朦。

剑影寒光悲华发，古巷阶除醉长空。

不问当年英雄事，丹心尽付戈壁中。

荷塘

疑是秋色嵌画屏，残星冷照落烟云。
旧篱疏影倚菊瘦，新夜清风逐梦尘。
霜飞鸿雁长空远，月落芦笛故人存。
花谢不知何处去，一茎残蓬泣飞魂。

秋日

樊楼[1]一夜醉无声，点点更鼓半入城。
明月浮窗岂绮丽，青灯随影可安宁？
回眸重见黄花好，举手又伤华发生。
霜凌桐叶空自落，且叹寒水渡流萤。

---

①樊楼：酒楼的泛称。

咏菊三首

（一）

瑟瑟西风一夜来，袅袅金蕊满园开。

疏影淡容霜欺日，娇颜绿颈月上台。

不慕朱门多富贵，偏爱寒舍少钱财。

自是清高声名远，退隐三秋绝尘埃。

（二）

风来一室香，自当小楼旁。

团团①花中露，莹莹叶上霜。

声无邀冷月，色满润寒阳。

怜此孤芳客，轻吟笔墨长。

---

①团团：圆貌。汉班婕妤《怨歌行》："裁为合欢扇，团团似明月。"

（三）

樊篱花有色，霁月影无声。

贤重风霜客，德元高雅名。

海棠诗二首

（一）

一挂海棠满街香，穿廊入巷见文章。

珠帘半卷灯下影，梦落深闺魂过墙。

（二）

一树海棠映篱墙，新芽嫩蕊泛崇光。

柴门小院花有影，枝头精灵魂无香。

乡音不改多寂寞，故土当近少苍凉。

离人一曲数斗泪，月下流水如青霜。

中秋杂咏三首

（一）

满山金黄遍地秋，寒天飞雁掠边楼。
长河隐落昏昏日，平水依浮浅浅舟。
露过千香花色少，风来一梦晓星稠。
归之何处悲思去，唯待来春岭下丘。

（二）

一梦三更雨，魂惊复起身。
寒霜应有意，老叶自难新。
行作风中客，香销阶下尘。
惜花何处守，专待枝头春。

（三）

冰轮摇桂影，霜蕊动帘风。
时正三更好，情与四海同。
团圆当有酒，金粉亦成虹。
晓醉云窗梦，何人赴月宫？

秋山孤旅

藤枯黄叶老，空谷雁声长。

云去天齐远，风来草复霜。

一人行尽处，五步吟断肠。

无解深秋事，何必怅斜阳？

农家乐

叶落初秋过小院，倚水亭台向蓝天。

蝉鸣鹊啼沧桑起，尘事如云两三片。

惜 春

惠风拂帘燕穿枝，好梦痴痴莫迷离。

新愁缘何阁楼锁，黄莺恰恰惜春时。

春　山

云外望春山，青霭入紫霞。

苍松沁古道，红杏绕农家。

北庭新禾秀，南陌老穗夸。

天高心意远，淡泊好年华。

山　崖

山孤水瘦柳未荫，南亩东风雨如尘。

香来何处催目远，树树新色满城春。

西山秋望

秋山望尽远枫红，野寺凌空落晚钟。

欲问天机何处去，溪水断崖小桥东。

问 梅

芳魂一缕盈袖香，无端雅韵和流光。
冷蕊孤枝荣五岳，寒英独树誉三江。
天生雪萼询故土，地辟琼花问他乡。
轻曼意态开兔岁，婆娑疏影探谁窗？

山 行

遥见坡上三两家，炊烟袅袅映晚霞。
柴门未扣黄犬吠，客喜主家邀洱茶。

壬寅年春雪

万千琼英落楼檐，半上梅枝半入帘。
亭前湖色皆缟素，暗香浅醉去复添。

梅花诗三首

（一）

空窗一室好，孤芳廊下开。

香飘白雪苑，影醉玉楼台。

莫道花期早，何故春信来？

天公凭手覆，美景四时裁。

（二）

一树寒香万里踪，朱砂点点影重重。

凌风卧雪英雄气，浮月遮窗玉女容。

鹊鸟登枝祥瑞景，儒生落墨风雅韵。

红绡唯有三春报，笑傲群芳魁首封。

（三）

寒窗新梅淡淡开，深冬瑞雪润楼台。

执手邀君同相赴，围炉醉语两无猜。

莫怜清酒盏盏浅，长笑故人殷殷怀。

一管清音千年韵，高山流水年年来。

咏 柳

东风一夜柳践新，水畔街头绿点尘。
拂云金穗烟淡淡，带雨青丝水粼粼。
移灯晓风南窗月，点墨清露老枝春。
自古别离伤此色，千条折赠远游人。

边疆白杨

不慕兰苗栽玉盆，宽怀苦志炼精魂。
立身成栋心无恙，振臂擎天云有痕。
贞意难同蓬草去，素情常共俊逸存。
雪中更显英雄色，却报殷殷厚土恩。

过贺兰山

熹微岭上横，云锦转凄清。

宿雾初通日，回风尽入城。

客随残月没，愁向早寒生。

寒鸦苍烟里，一笛横吹声。

咏玫瑰

离枝化泥非无情，因有让贤一片心。

秋蕊抱枝荣华去，何将憔容玷美名？

水 仙

逝水尘缘未可知，诗郎堪嫁不须媒。

痴心只合闺中养，一夜东风尽得归。

古驿站初春

入门访景踏小径，断椽坍梁无有新。
嫩草老户玲珑迹，疏枝旧门颓废痕。
凉房古意漫春香，暖阁初花融玉尘。
小院有诗赋悠闲，邀来青虫[①]相对吟。

夜宿龙井村

小船孤鹜老渔翁，碧水龙溪暮色浓。
弦月如钩花影里，紫燕似电苍穹中。
李杜吟诗言寂寞，农夫弄茶品闲情。
谁家新酿樱桃酒，醉客难辨西和东。

①青虫：此处指元代杨维桢诗作《青虫》。

春雨青山图

山前现雨峰，绿染云下松。

林海涛漫漫，石溪水淙淙。

丛花渚头放，蔓草水边蒸。

陇里牛马嘶，芳香扑鼻浓。

大同古城

古城深巷多沧桑，寺前闲联[1]可解方[2]。

游客豪情时吟诵，日影西斜见真章。

①此处指华严寺殿前抱柱上的楹联：“世事熙熙，从来福贵无了局，到此说了就了；人生攘攘，自古名利难放下，如斯当放便放。”

②解方：中医学名词，指对药方的解释，这里指对大同古巷沧桑的解释。

山 寺

苍山连古寺，远钟暮色重。

望尽天涯路，客心[①]第几层？

望江楼[②]

金风和叶老，岸柳赋新愁。

雁鸣千山远，霜降百草秋。

不闻梦里客，但见水边舟。

离人两行泪，空对望江楼。

①客心：旅人之情，游子之思。

②望江楼：位于成都市望江楼公园内。本名“崇丽阁”，取晋人左思《蜀都赋》中的名句“既丽且崇，实号成都”而命名。

山涧

日落涧水深，宿鸟惊松林。

万户皆已眠，星光赶路人①。

梅

梅妃鹤翁两情真，玉蕊初绽一树新。

喜伴青松流岁月，欣随白雪渡红尘。

幽香暗送漫山涧，娇容争开向水滨。

阆苑琼英铮傲骨，豁然翘首笑迎春。

---

①引自大冰《我不》，原句为："星光不问赶路人，时光不负有心人。"

牡 丹

一身尊荣在北疆，东囿西苑我为王。

石碑无字千年立，背临洛河问武皇。

桂香姑苏

晚霞捧月映兰舟，如潮桂香逐水流。

故里三月曾相对，不见君来只见秋。

扬 州

士庶尽说冠九州，黄鹤烟花碧瓦楼。

琼花古塔西津渡，杨李更迭岂天筹？

沙尘天

风过沙漫天，犹如黄昏前。

莫道云蔽日，时势更为艰。

古渡口春钓

日暮古渡映画楼，雪浪逐岸水悠悠。

竿影轻点西边月，误作银鳞已上钩。

天净沙 · 禅院

云风松雨溪泉，石桌空樽琉檐，山花磬音香烟。雾回曲远，一鹤排云蓝天。

望江东·西山秋

十里清梦泪沾裳，雨打窗，夜彷徨。北雁声声笛悠扬。看夕阳，落秋江。

西风横跨野荷塘，长亭外，青山旁。古渡相别人惆怅，东篱下，菊花香。

采桑子·雾

非为珠宝非为纨，落迹深涧，心系桑田。且随轻云上九天。

何堪俗世成霜雪，自古高贤，岂入尘烟？看淡往来[①]独自眠！

①往来：犹进退，指引荐与黜退。《尚书·君奭》："无能往来，兹迪彝教。"孙星衍疏："无能往来，为无能进贤退不肖。"

摊破浣溪沙 · 壬寅年处暑

蒹葭苍苍香渐残，夜风惊起绪无安。
月下闲愁颜憔悴，对镜叹。

秋思渐浓生春怨，偶听塞外雁叫寒。
徒众相思千缕爱，独凭栏。

醉红装 · 三月

笛响东风鸟自鸣。雨韵多，墨柳盈。骨朵羞涩叶初生。啼燕逐，蝶痴情。

桃红李紫小溪清。山颜黛，城烟笼。相思三更郎在程。残梦醉，月孤明。

天仙子·银川之春

四月飞花满湖城，三团两簇竞随风。飘摇任性舞青穹[1]，尽担忧，一场空，误了佳期难再逢。

夜半嘲哳惊浅梦，细听山风将雨纵。担心花瘦添愁浓，细思涌，谁能懂，帘外新桃聊相送。

老梧桐

寒风乍起，乾雨舞长空。地冻水凝，冬临秋去老梧桐。天涯时不同。

凄霭冷云，霜菊落残红。衰草如烟，天香终遁广寒宫。红尘自匆匆！

---

①青穹：苍穹，碧空。

解佩令·秋后雨霁

秋晴正俏，秋风正好。昨夜里，秋雨更妙。这翠色，不输春草。浑不觉，寂寥渐到。

晴空如洗，流云如曜[①]。陡然间，罡风如扫。世象千般，何人可料？且由他，我自逍遥。

行香子·苇塘月色

暮色朦胧，碧月玲珑。睡鸳鸯搁浅池中。荷呈聘礼，柳嫁东风。看花还香，蛙还唱，夜还空。

浮萍懒睡，苇波微送。笑羞莲偷绽娇红。知音不见，倩影藏容。却夜依然，意依旧，情依浓。

---

①曜：明亮；光辉。

惜芳菲·烟雨江淮

烟雨江淮别样好，红樱桃、绿芭蕉。剪柳紫燕回，细语呢喃暖春巢。

北去鸿雁彩笺捎。喜上眉、对镜瞧，共上鸳鸯楼，种种春情尽风骚。

行香子·梅雪江南

疏疏密密，雪白梅红。听风语，远眺归鸿。古琴流韵，南山陶公。看炊烟斜，金牛卧[①]，小桥东。

丹青妙笔，画意诗浓。凡心静，蓑笠老翁。幽苔石径，疏竹梧桐。情系江南，虽已醉，再千盅。

---

①此处指六安万佛湖的金牛坡六安万佛湖的一个景点，叫金牛坡。

西江月·孟夏

曲径回廊，流水泻荷港。又闻风动催叶响，老翁扁舟鹭翔。

煮酒邀客共享，莲子扣齿留香。暮起伏案观文章，楚汉春秋同赏。

满庭芳·孑影

孑影昏星，孤灯黯月，暄风轻动帘钩。无聊闲事，漫自续心头。几许新词旧阕，写不尽、叠怨离愁。点清墨，真真草草[1]，倦字笔尖留。

梦中花满树，珍珠串串，枝翠花柔。更记得，娉婷丽影相畴。你我欢声笑语，同看取、槐蕊殊尤。而今是，芬香渐老，唯剩鸟啁啾。

---

①此处指真书和草书。北齐颜之推《颜氏家训·杂艺》："真草书迹，微须留意。"

满庭芳·无赖杨花

无赖杨花，喧嚣鸟雀，恼人多是黄昏。残霞偷掩，孤影黯销魂。急切双飞燕子，悄声语、齐入家门。看社客，漫生别绪，叠怨使眉颦。

开笺愁落墨，伤占七节，恨留三分。直惹得，鲛珠滑过腮唇。寸管难书悒怅，便托付、醁醑芳樽。吟灯冷，心寒词瘦，酒盏已微醺。

瑞鹧鸪

东风荡漾柳生烟。紫电啾啾雁北迁。春半百花蜂蝶会，情窦初开若少年。

谁欢掬饮桃花酒，李杏纷争四月天。斑驳曲栏斜倚人，望君归处是长安。

海棠春·东君拂柳

东君拂柳惊栖鹭。燕剪塘，桃芽细数。隐约淡脂香，蛱蝶穿花处。

窗春色屠苏妒。为汝赋，新词百句。醉写海棠春，莫把前程误。

鹧鸪天·春山

郊满惠风花满园，燕归双翼剪碧天。蜂狂蝶痴三春爱，怡红快绿[①]纵情欢。

午阳暖，夕还寒。人生莫逆好韶年。及时寻乐琴对瑟，不老依然是青山。

①怡红快绿：“红”与“绿”分别指海棠和芭蕉，“怡”与“快”都是喜爱之意。清代曹雪芹所著《红楼梦》中有《怡红快绿》，是小说人物贾宝玉所作的五言律诗。

满庭芳·马兰初开

马兰初开，夭桃正艳，草芽逢雨萌生。佳期绝色，君可至孤城。笔墨常题旧事，殷勤记、皆为卿卿。自分别，二十春夏，鬓发似雪横。

娇红开又少，无聊瘦竹，寂寞空庭。将花扫，愁心除却千层。试问呢喃紫燕，伊归否、莺笑多情。花无语，暄风阵阵，花落不堪听。

行香子·送春

又送春归，徒惹词悲。倚窗前、烟雨霏霏。红趋憔悴，香渐幽微。看莺儿老，花儿瘦，叶儿肥。

物华暗换，旧梦难追。邀明月、共醉几杯。休惊夏至，且待春回。任南风来，西风去，北风吹。

风敲窗

风敲窗。断桥[①]泊舟，一岸柳新妆。三月梨花，蝶恋蕊。落斜阳。

白鹭翔。梅落老寺[②]、半山红雨降。几株芭蕉，石幽径。雨禅房。

浣溪沙·谷雨偶得

谷听惊雷电闪光，雨肥嘉禾[③]万亩秧。山间云霭又斜阳。

半坡杜鹃初春色，一双鹧鸪赛鸳鸯。烟柳渐高日渐长。

---

①断桥：桥名，在杭州市西湖白堤上。

②此处指灵隐寺，又名云林寺，位于杭州市。

③嘉禾：生长奇异的禾，古人以之为吉祥的征兆。

满庭芳·寻梦天涯

烟柳垂丝，娇杨吐絮，无聊闲看飞花。飘飘荡荡，不晓入谁家。别绪倏然而至，任它去、只留嗟呀。淡云远，新愁难表，孑影向晚霞。

忧心拈寸管，词生郁闷，字落绢纱。写不了，熙春半点繁华。搁笔将笺揉碎，空剩得、旧爱些些。凭窗久，满怀愁绪，寻梦在天涯。

忆秦娥·秋思

西风骤，玉蟾减肌人亦瘦。人亦瘦，增衣添袄，孤灯难守。

玉肤脂润红酥手，相欢共饮黄縢酒。黄縢酒，长亭柳后，秋过陌头。

满庭芳 · 梦里桃花

梦里桃花，醒时杏靥[1]，风雨次第花开。千枝万朵，劳笔释幽怀。小字难书意绪，借辞令、叠怨掩埋。自三月，桃城一别，未见雁鸿来。

无聊生恻怅，漫填新阕，更惹愁腮。最终是，笺寒墨淡人哀。拟把行云托付，将其倩、做个邮差。红霞晚，芳思无赖，身倦倚窗台。

殿前欢 · 山驿

驿楼钟。夜残枕冷听寒风。村前鸡儿唱和声。溪水淙淙。

霜华落梧桐。心大恸。不见君入梦，孤清似我，月隐残红。

①杏靥：杏花。

一剪梅·玉钩悬

玉钩悬天望蓟门[1]。知是无人，偏要寻人。悄然无息暗销魂。移影西村，落影西村。

捎梦秋冬只为春。错了红尘，误了红尘。暗将别绪付金樽。杯落啼痕，笺落啼痕。

鹧鸪天·油菜花

三月春暄笼旷园，新花铺地向云天。初枝鬟绿君痴爱，金黄细软惹蝶欢。

晨旭暖，夜风寒。岁痕辗转年复年。眸凝岭谷烟缭绕，粉黛初开黯远山。

①蓟门：蓟丘。

天净沙·秋夜

远山黛水烟霞，残荷寒塘蒹葭，梧桐落叶秃丫。阴风冷月，唯有竹篱瘦花。

浣溪沙·三月

纤柳数枝池畔垂。海棠瘦时梨花肥。溪间紫燕戏烟霏。

三月犹寒风逐絮，夭夭桃色染春衣。竹林闲静待客归。

浣溪沙·夜宿

晚舟泊渚月渐高，芦洲孤鹤夜听箫。渔歌欸乃声自遥。

驿站相思书简载，推窗对月弄柔毫。一剪清辉映画桥。

浣溪沙 · 西望

水石山泉万壑风。西望夕阳野寺东。柴庐故里忆君从。

耄耋冠巾萧瑟雨，秋暄梧桐急西风。浮华岁月一声空。

一剪梅 · 隆冬

玉尘[1]飘摇又隆冬。花鸟惆怅，天地朦胧。倚窗倾听雪无声。愁上虬枝，怨入苍穹。

肯把冰魂[2]嫁朔风。尽管疏淡，却也玲珑。人生何必太多情。摈弃伤心，学会从容。

①玉尘：比喻雪。唐白居易《酬皇甫十早春对雪见赠》诗："漠漠复雰雰，东风散玉尘。"

②冰魄：借指梅花。

小桃红·护城河边

闲来信步小桥东，碧水映长空。莲花朵朵夹岸涌，款东风。

心思唯有知音懂。诗词相和，书香几缕，河畔乐无穷。

浣溪沙·青城后山

碧水湖天野云悠。层层青山逐江游，妻儿雀跃小舟头。

烟波万顷渔歌讴。红日西下枕碧流，繁星点点几多幽。

怀古思乡

古长城怀古

古垛危崖岁苍茫，月清风寒草木霜。

千载边墙辅社稷，一朝丝管醉朝堂。

后庭花落万家冢，前世烟销九鼎王[①]。

万里长墙空有势，着意后人论短长。

塞上曲

漫漫长沙没野村，驼铃一路扣黄昏。

不解楼兰胡家语，雁塞年年泣昆仑。

---

①九鼎王：指统一全国。

边城

残阳西风蓬草黄，独步边城暗自伤。
光影十里亭台瘦，岁华一檐蛛网长。
人来语惊寒鸦起，叶落风随箫声霜。
千载尘踪逐逝水，流沙瀚海几苍茫？

楚地

楚虽三姓可亡秦，灭秦依然楚无君。
屈平投江含冤死，项籍不渡愧亡魂。
千年隐隐多伤痛，万世寂寂埋红尘。
荆湘子弟齐呐喊，但见国民首义人。

霸王

车马驰霄汉，王侯殒邑京。

彭城[1]军有势，垓下火连营。

人愧阴风啸，天悲阔水横。

一江星月晚，四面楚歌声。

马嵬

倾国倾城冠三宫，粉面香腮一点红。

圣主唯怜花月夜，娇妃犹傲玉人丛。

萧墙梦断山河泪，白练空悬富贵终。

世道红颜多祸水，不辞朝笏晦苍穹。

---

①此处指发生在汉二年（公元前 205 年）四月的彭城之战。

南唐遗事

万里寒江水，千帆一径来。
金陵破城日，宫城失楼台。
虞美人前泪，木兰花下徊。
长相思故恨，梦醒魂魄哀。

马市楼[1]

日落荒城鹊过台，枯骨还魂月下哀。
连年烽火万户破，龙脉焉凭一楼来？

①马市楼：位于山西省左云县宁鲁乡摩天岭景区，是明长城上的空心箭楼，建于明隆庆六年（1572年）。隆庆议和后，此处开辟马市，故名马市楼。

孔 明

（一）

三顾茅庐拜相才，心动卧龙竞登台。
殚精竭虑穷妙计，祁山雪花归未归？

（二）

三分颔首笑中来，千古独崇此霸才。
东风一夜出江左，汉中冷雨恸地哀。

（三）

日昏雨骤上方谷①，月晦星沉五丈原。
成败岂由人妙算，英雄遗恨恸关山。

①上方谷：出自《三国演义》第一百零三回，因其形状如葫芦，故俗称葫芦峪，又名尚方谷。诸葛亮在上方谷上深叹："谋事在人，成事在天。不可强也！"

读《柳如是别传》有感

一鸿孤影掠窗前，风紧云低度寒天。
风雅悠悠生苦字，天朝男子尽汗颜。

晴远楼[1]

名楼晴远在晚清，宅院一时誉风城。
听闻古巷人居上，见识朱门本有名。
可叹风光多变幻，更怜春色寂寥生。
隔墙乱草空摇地，傍树幽红黯落坪。
谁晓今朝家破败，月知往日意欣荣。
休说北岳财源好，但得安康事不惊。

①晴远楼：位于恒山脚下，曾是晚清时期的一座青楼。门前有一副非常精美的砖雕对联：“晓风吹开一天云雾，夜月照澈万里江山”。

定 陵[1]

曾为万民尊，地下百年魂。
时来运难久，烟去了无痕。
冷看贼人笑，空悲妄语论。
中华多奇宝，随风化烟尘。

咏曹操

皓月当空入荆川，雄兵百万意卓然。
乘风舞槊驰汉宇，对酒行歌破晓天。
且看群候如蚁蝼，安能只手覆中原？
唯有奇志多豪壮，一统归心是圣贤。

①定陵：明代第十三帝神宗皇帝朱翊钧的陵墓。

观菊叹黄巢

少有诗才富贵生，几经寥落赖功名。
干戈一动烟尘起，慷慨皆因权势行。
帝称含元殿①内守，魂栖狼虎谷②中横。
黄花金甲空为句，墨里英雄聊做卿。

雷峰塔

雷峰塔下逐精魂，水漫本是报深恩。
江南灾祸缘何起？自古僧妖两扇门。

---

①广明元年（880 年），黄巢起义军进入长安，在含元殿称帝，国号“大齐”。

②中和三年（883 年），在唐朝将领李克用、王重荣等人的猛烈进攻下，黄巢起义军退出长安。中和四年（884 年），黄巢死于狼虎谷。

昭君出塞三首

（一）

斜阳荒冢万履痕，游人不耻汉家尊。
千秋云梦琵琶远，一水深雾锁荒村。

（二）

一曲琵琶马上飞，残阳如血泣毡帷。
长庚有路天涯远，月夜香魂大梦归。

（三）

琵琶隐隐过天涯，狼烟惊起一树鸦。
边城寂寞寒星起，常问春风几到家？

黄巾起义

煌煌大汉起妖风，宫銮陡倾水没桐。

皆言亡国成谶语，不期朝臣赴海东。

诸侯割据烽火烈，官宦纵横猎尘红。

谁怜林莽泛秋色，烟波一去逐群雄。

雁门关

暮雨潇潇夜独行，归途冷寂客伶仃。

阳关西去胡笳怨，雁门依稀壮士亭[1]。

①壮士亭：指为纪念民国十五年（1926 年）与国民军在雁门关水峪口战争中牺牲的壮士而立的碑亭。

咏史诗七首

霸 王

怀王之约势欲赢，鸿门宴罢各前程。
陈仓暗度关中起，垓下当知江左行。
莫道攻心谋略少，怎敢弃义节操轻？
长安虽是君王地，江东犹言项羽名。

曹 操

长歌一曲碣石东，浪去涛生贯长虹。
四海人论桑谷[①]业，九州我建帝王功。
难为白骨千秋尽，留得青山万代同。
弃乱尊成自有道，何嘘魏武业奸雄？

①桑谷：妖桑和妖榖。

岑参

昨夜刀光度，今宵战壕眠。

情吟帐下雪，梦作水中田。

一具头颅骨，千年大漠烟。

此生当战死，月下笑黄泉。

卫青

大漠飞沙浅草黄，旌旗十万鼓铿锵。

余晖落地边城远，四野哀鸿一路伤。

李陵

铁骑流沙玉雕弓，毡房相伴北海风。

自古英雄少知己，悲歌一曲向孤鸿。

霍去病

北地烽烟起苍黄，封狼居胥是儿郎。

金戈驰进三千里，胡虏安能再逞强？

范仲淹

万里黄沙万里山，英雄北去几时还？
羌管一曲难吹尽，孤城落日月半弯。

叹王莽

我将无我我非我，皆言扑火似灯蛾。
新朝旧制遮眼幕，汉邦锦绣归王祚。
此生嘉酿着意品，后世皆论朕穿越。
赤眉绿林烽火起，际会风云奈我何？
卧榻岂容他在侧，亲众离叛也快活。
黎庶荣辱一人意，君臣纲常岂错过！
时光如水岁如歌，紫宸昨夜忽凋落。
滔滔逝水流不尽，来春依旧花满坡。

观史有感

每翻青史心胆战，声声血泪字字斑。

易水潇潇寒依旧，琴音瑟瑟知不还。

乌入巢，鹿归穴，不见荆卿报燕丹。

姜女寻夫千里走，眼望秋月泪洒天。

杜鹃啼，句句怨，长城虽倒良人在哪边？

木兰忠勇世世夸，但问娇女红妆不穿因何战？

秦皇壮志开疆土，血水横流海北至天南。

朗朗青天红日悬，但见东西黎庶死含冤。

汉武盖世惊天地，百姓沦落流离失家园。

金谷豪门人体宴，从来不与草民关。

百姓苦，百姓艰，畅意人生怎得全？

离乡背井苦奔波，不求辉煌荣故里，但愿春晖常照人世间。

无 题

几番风雨几番春，三生未必识红尘。
乌合自古难成事，盲从不辨是妄人。
易水惊涛寒袭身，壮士悲歌到古今。
竹林踏遍不见贤，桃园有路何处寻？

秋夜吟

八月浮槎[1]莫言狂，人间岁序老冯唐。
思鲈但觉口无味，脱帽方惊鬓有霜。
陶令篱存三径傲，黄巢菊冲九天香。
忍看侠女愁风雨，北定还告须命长。

①《八月浮槎》是西晋张华编著的一部小说。

魏 晋

世风日下人不古，礼乐崩坏恶流俗。
刘伶沽酒买长醉，陶公挂印荷短锄。
官家竞耻无底线，乱华何必怨五胡？
朝堂不见英杰现，但闻豪门互斗福。

秦始皇墓

古木凌霄荫帝丘，峥嵘过往竞风流。
三秦有法龙腾势，六国无德君失侯。
大道[1]通天行远客，长城入海锁胡酋。
功名难庇儿孙福，霜染骊山又一秋。

---

①此处指秦直道，又名直道，秦驰道之一，为秦朝修建的军事交通工程。

雷塘[1]

孤月荒丘露草黄，广陵城外访平冈。
威临戎虏从张掖，富聚金珠满洛阳。
莫道君王功与过，难辞俗世恶中伤。
一水千帆繁华在，不见今人谒雷塘。

读曹操诗有感

行歌自有短文生，怜世皆因白骨横。
只道神龟迟暮老，何为薤露洛阳城。

①雷塘：地名，在江苏扬州城北，隋炀帝葬于此。

中秋夜读史

夜雨潇潇不成眠，一行一字窥千年。
乾坤一统周室老，天下三分汉家怜。
四纪常叹开元盛，五胡唯悲战马旋。
慷慨难为昨日事，孤更晓梦醉桑田。

昭 君

黄沙漫道北胡天，一路琵琶一路煎。
故国楼台花已落，他乡毡帷雪中眠。
醉怜明月悲惨漏，梦断东风飞纸鸢。
别过今生辞粉黛，弯弓驰马破狄燕。

读史杂感

乱世出英雄，国治竞豪横！
财色贪官好，赋役黎庶惊。
长堤任蚁蛀，大厦危可倾。
巡视若可望，玉宇再澄清。

求 贤

谁云伯乐识良驹，万里雄关枉涕吁。
宫阙天颜权险避，周文洪武顺势趋。
流芳青史临峰峙，遗臭功名跪墓隅。
重托虚言夸汗骥，齐宣不识滥吹竽。

长城诗三首

（一）

万里石围一线延，成败兴衰两家牵。
梦断昭君窗前月，怒弯李广马上弦。
成祖挥旌征大漠，英宗俯首愧黄泉。
垛台踞险凭天造，人政不和也枉然。

（二）

万里青山万里城，一家社稷天下营。
声声鞭笞斑斑泪，高墙焉能筑太平？

（三）

北牧牛羊南种禾，万里升平费猜摸。
连天烽火当何岁，萧墙岂可动干戈。

屈原

（一）

汨罗江水恨滔滔，端午龙舟竞打捞。
角黍抛沉虔祭祀，雄精药酒郁愁浇。
烟熏蕲艾驱虫豸，剑仗菖蒲避鬼妖。
奸佞专权难存已，忠良耿耿续离骚。

（二）

暑夏炎炎荷正娇，每思汨罗恨难消。
自古贤良难正果，三峡如今难有涛。
米粽空抛招烈士，龙舟争竞忆英豪。
抬头已是黄昏后，缕缕清愁日日潮。

秋夜乡思

月明星稀少烟尘，拂柳金风著寒痕。

本是他乡不归客，隔山遥听故里音。

中 秋

琥珀笙歌烟雨秋，清风伴月柳梢头。

孤灯长醉人老去，乡关一梦几时休？

他 乡

笑对青山痴对画，难辨何处是吾家。

掬来一抔他乡水，泪眼迷离涩如沙。

青史人生

水无形，势无常，花开雨落梦一场。昨日穿紫威高坐，今朝猛虎落平阳。莫道时事艰，休怨茶易凉。君不见，成王败寇几多觞。

范蠡功成隐，文种守祸殃。飞鸟尽，良弓藏，得志韩信丧未央！屈子悲黎庶，仲淹忧庙堂。英豪乱世星火起，不过竞相逐羹汤。

青史不堪翻，但恐血泪淌。小民盼安平，天子复无常！忠臣履薄冰，奸佞走康庄。独上西楼叹过往，百思难解唯迷茫。

挥毫泪伴墨，世事皆文章。皆言李家盛，见文不见唐！大明气数尽，都言误国祸民在奸党！君不见，狼烟四海起，兴衰皆帝王！

俱往矣！当今逢盛世，国泰民安康。天命当由己，黄连若饴糖。不求大富贵，但愿家家幸福万年长！

乡思八咏

（一）

黄花红树挂秋晖，欲寄相思踏翠微。
西山水畔穷谷外，鸟隐深林人不归。

（二）

月泊江心笛在船，忽闻琵琶诉缠绵。
碧水茫茫连天色，相思悠悠绿如蓝。

（三）

月下晴空雁鸿声，寒灯孤照已三更。
别后情思难相寄，帘垂黄花梦难成。

（四）

秋窗庭外月徘徊，玉蕊金花相映开。
夜光孤影红烛泪，露冷霜寒浸香腮。

（五）

夜来西风送晚霜，惊云斜影横高墙。
遥听边城衡雁过，寒枝凋碧又秋凉。

（六）

小径细藤砂岩中，秋花寥落寂寞红。
偶有鹧鸪山前过，一缕晚霞送归鸿。

（七）

夜色连天笼绿纱，石桥寒树栖暮鸦。
渡头孤烟随风起，雁声催破一片霞。

（八）

晚风吹寒梅蕊新，青山月冷苦煞人。
廊前望尽潇潇竹，香魂沉梦都作尘。

老屋

墙边老树不堪看，独自听风傍寂栏。

雁去云来霜雪至，菊开叶落雾花攒。

愔然衰草三窗冷，恓惶孤桃满目寒。

韶光荏苒终去日，一缕追思剩汍澜[1]。

秋江

江亭独立日西斜，只见涛声不见家。

萧萧黄叶霜林晚，何时篱前赏菊花？

---

①汍澜：亦作“汍兰”，泪疾流貌，指流波。《隶释·汉金乡长侯成碑》：“号泣发哀，泣涕汍兰。”

乡思杂咏二首

（一）

夜尽更销瓦覆霜，枝沉花瘦草飞黄。
空窗日晷天涯远，古渡寒江雁字长。
帆影流转行浩荡，浮游客旅见苍茫。
笙歌无奈知音少，醉里他乡梦洛阳。

（二）

瑟瑟西风一夜秋，几家灯火几家愁。
流云逐月青霜满，薄晓临窗银蜡收。
半百时年嗟白发，三千日月望雁丘[1]。
经生无恨罗衾暖，但看长安五世侯。

①雁丘：著名古迹，在山西阳曲汾水旁。

西 行

千里秋光奈何催，雁阵空期几时回?

风摇岸柳芦花隐，雨洒孤舟浊浪推。

帘钩难挽未眠月，关山尽望远人归。

天涯又是浮云起，更尽乡愁酒一杯。

南乡子

闲云恋碧霄，晚霞依长空。浊酒一杯邀清月，歌幽调怨戚容。相思重。

夜苦天难明，无语对苍穹。旧词半阕托流水，倦倚竹影茕茕。溪淙淙。

浪淘沙

向晚怨烟霞，老树啼鸦。残照隐隐乱玉沙。无奈寒声不解意，人在天涯。

斜月点窗纱，门掩霜华。西风摇碎半庭花。寂寞孤灯思远客①，何日归家。

眼儿媚·端阳

有花无酒过端阳，也倒是寻常。家家角黍，户户艾香，都为安康。

西窗旧曲人还唱，却恨隔长江。蓝桥易断，鹊桥难架，此处何乡？

①此处指《思远客》，作者为宋代诗人翁卷。

浣溪沙·夜梦三更

好风无趣过春江。碧水新色掩画舫，烟花多情在他乡。

梦落三更夜未央。月色如银笼轩窗，心与此景两苍茫。

天仙子·故园

断壁残垣久怜哀，满庭荒草掩石台。墙边老杏是谁栽？花空酽，寂寥埋。故人可曾来荒宅？

桃园一别花两开，万千心事谁能猜？银钩铁画落知白[1]，情似海，多怅慨，愁绪凝眉将醉买。

[1]知白：纸的别名。

鹧鸪天 · 夜雨

独自窗前绪不宁，半笼帘幕半开灯。花香缭绕朦胧味，夜雨霏霏寂寞声。

风有意，夜无情，总催心事到曾经。当年浪迹今依旧，望断天涯在客城。

鹧鸪天 · 月在何处

抱臂窗前影独斜，灯里清风落新花。春无好计春心减，夜有乌云夜幕加。

空待月，月成奢，几时山前照天涯？千重楼阁今犹在，蓬草浮萍难回家。

阮郎归·邗沟

青山幽幽隐隋宫，烟花入青穹。旌帜猎猎遮西风，行舟也驾龙。

威武地，宴安功，不管民疾生。扬州三下陨江东，岂因琼花容？

一剪梅·正月十四

开岁之余月色浓。常忆花灯，怕忆花灯。只因灯彩影伶仃。闲了门庭，冷了门庭。

寒院疏枝雪飘零。缕缕轻盈，点点轻盈。摊开别绪任伊听。人在孤城，心在孤城。

满庭芳·君可好

墙角樱桃，街边檀杏①，此时颜色萧疏。唯有新园，瘦客②绽尤殊。紫燕双飞双宿，哪管得、远客羁孤。别离后，经年未见，素字③难成书。

他乡君可好，心心念念，牵挂如初。更记得，桃园畅饮醍醐。丽景佳期常忆，最终是、短叹长嘘。熙春过，芳菲渐老，卿可踏归途。

---

①檀杏：浅红色的杏花。

②瘦客：月季的别称。

③素字：单纯质朴的文字。

小桃红·千古一笑

焚书坑儒费周章，生民何能忘？千载王权隔江赏，醉霓裳。

曾闻烽火骊山诓。几代豪杰，可叹二世，过眼皆成殇。

浣溪沙·壬寅年正月初一

鸡闻晨色报岁鸣。疏窗频传竹爆声。旧符新桃把春迎。

子夜一盏添新醉，意痴心迷绪难宁，半为乡思半为卿。

人文风俗

观京剧《秦香莲》

寒门芰荷一院香，荆钗布衣奉爹娘。
廷前夸官春风暖，故里坟茔百草黄。
富贵无缘生死度，悲欢有幸是非场。
人道夫妻同林鸟，何又啼血夜夜霜？

铜锤花脸

梨园春色锦华长，独爱铜锤京韵腔。
夜探皇陵风雨骤，兵临垓下美人殇。
阖闾设宴耽王位，包拯陪情愧嫂娘。
英烈忠魂千古事，西皮流水一脉香。

京剧界尚氏[①]

尚氏风流百年光，生旦铜锤韵味长。
父立独门尊祖世，子承裘派发金腔。
花随风落人老去，情寄春来夜未央。
千年梨园魂魄在，四平[②]高拨[③]对二黄[④]。

武侯祠

雨润雪松枝丫低，丹桂青青鸟声啼。
三省未达人已老，青山碧水一色齐。

---

①京剧名家尚小云与其子、孙三代耕耘在梨园，延续近百年，都很有成就。

②四平：指四平调，是一种戏曲腔调。

③高拨：指高拨子，是一种戏曲腔调。

④二黄：是一种戏曲腔调。

戏曲青衣

（一）

青丝粉面美佳人，水袖行云客惊魂。
不问台前生死恨，唯期幕后玉堂春。
三娘教子光寒壁，宇宙飞霜耻佞臣。
红尘一曲多少泪，残妆怎对世人伦？

（二）

菱花镜里瘦妆容，娥眉青黛一点红。
笙管难诉悲苦调，渔樵怎奈寂寥衷？
浮云过客春闺梦，流水知音花月浓。
戏里人生台下事，胭脂不改旧时同。

读杂剧有感二首

崔护谒浆

一径南庄远，东风此树荣。
崔郎诗有意，红雨媚无声。
怜罢门前事，吟成身后名。
空阶花影落，别离总关情。

王魁负桂英

一霎青春不可留，为谁漂泊为谁愁？
前生若道无缘分，不合今生配作俦。

杜甫草堂

锦江氤氲夜蛙鸣，粼粼月色水中晴。
草堂何逊府衙地，一世雄才业难成。

阮大铖[1]

当年真是戏，今日戏如真。
同为旁观者，俱非冷眼人。

有感于阮大铖与孔尚任[2]的人生

世人同论旧繁华，短梦寥寥记不差。
曾恨残笺衔燕子，偏怜素扇泣桃花。
烟花帝都何留客，梅雨南国几换家？
传驿凄楚临别语，年年寒食泣天涯。

---

①阮大铖：字集之，号石巢，明朝末年大臣，戏曲作家。所作《春灯谜》《燕子笺》《双金榜》和《牟尼合》，合称“石巢四种”。

②孔尚任：字聘之，又字季重，号东堂，清初诗人，戏曲家。创作了《桃花扇》《小忽雷传奇》（与顾彩合作）和《大忽雷》。

中秋听唱东坡词有感

雨雨风风年复年，又是中秋碧夜天。

疏桐半室遣幽意，冷月满城弄轻烟。

阴晴都因心难静，圆缺须知古未全。

径举残杯倾浊酒，何妨乘醉邀婵娟。

题徐渭《水墨牡丹》

一丛牡丹香，精魂墨中藏。

嫩蕊倚栏立，青枝傍石旁。

非为君口叱，自有世人彰。

万笔难成意，当行访洛阳。

过年

迎喜新岁地开颜，梅开云吐色晓间。
得意勿惊当祭灶，勤身休坐好列班。
国情深究分劳逸，乡梦初圆早往还。
笑看神州风俗改，寻常人物庆年关。

壬寅年正月初三迎喜神

联红墨浓接新风，虎威声啸此日逢。
入酒莹雪兰雅韵，上梢桃色春恣行。
寒去暖来皆畅笑，词兴诗咏尽喜情。
天间百色齐争艳，人间福运年年增。

看 戏

鸣锣一道把戏开，王侯将相次第来。

兴衰成败前朝事，功过曲直今日裁。

墨里江南

生宣四尺万种情，云山雾水巧工成。

上元[①]烟雨杏花路，白下[②]春阳御碑亭。

近阅文华诗里醉，远观墨宝画中行。

秦淮有梦知多少，晓露青天月半城。

---

①上元：此处指南京。

②南京北郊有白石山，盛产石灰石和白云石，山下坡地称为白下陂。

元宵二首

（一）

万树烟花了却寒，千姿百态给谁看？
桃园一路寻春梦，空把烟霞许半竿。

（二）

月曳云流映雕甍，影入西墙作卧龙。
玉树才开雅思少，寒枝虽老气节宏。
无尽相思松烟墨，何堪片醉年夜钟。
又是春来频望处，北窗山外雪满松。

清 明

二月水明伯劳归，禁火原为介子推。
人心看彻遂遁去，不见山前柳絮飞。

春分

月淡风清柳芽黄，小宴初开别绪长。

半世浮沉空影累，百年悲喜一丘荒。

金樽不问南来客，紫陌当逢北去郎。

过往人寰岁少怜，暮晚何辞纵飞黄①？

重阳

重阳节里望斜阳，露草寒林满目霜。

不悼红霞生寂寞，何嘘白发祭苍茫。

风云无悔三千路，天地犹存五尺郎。

力尽歌长驱落日，人间我自笑张狂。

①飞黄：传说中的神马名。

三月三

墙内秋千笑，廊前紫燕飞。
风斜青柳瘦，雨润杏花肥。
同事三江①水，平开万里畿。
歌长乡径远，暮下谷人②归。

大寒

大寒过后喜立春，寒梅红颜吐蕊芬。
但待紫燕芽柳绿，闲听雨滴花开音。

---

①三江：指太湖附近的松江、钱塘江和浦阳江。

②谷人：农夫。汉扬雄《法言·先知》："禽兽食人之食，土木衣人之帛，谷人不足于昼，丝人不足于夜，之谓恶政。"

七夕三首

（一）

与月同辉又何羡，泪眼相望不成眠。

纵死桥断双双死，强胜相思十万年。

（二）

人道一年仙一天，何来岁岁盼团圆？

河汉鹊桥不经事，枉被民间诵万年！

（三）

银河宽几许？飞鸟尽南集。

一水鹊桥长，二更春梦稀。

世人难知晓，道是有天机。

但看云中影，万里归晨曦。

小 寒

云覆雕栏岁又阑，深灯照影几人看？

无事闲园新景成，应门好树老龙蟠。

年华虚度更前路，瑞叶轻笼已小寒。

琼枝处处谁镶玉，宗仁①妙手子冈②碾。

浣溪沙·惊蛰

西屋窗斜南壁影，风过松梢惹人惊。杜康半醉客心明。

南熏和畅朗月清，桃枝青碧百虫醒。鸡鸣牛哞已五更。

---

①宗仁：指姚宗仁，清代玉器设计师。

②子冈：指陆子冈，明代琢玉艺人。

江城梅花引·重阳

秋声溅起晓星寒。夜阑珊[1]，梦阑珊[2]。小轩清凉，花影亦难眠。彤管且留心底事，乡思尽，少新词，只影单。

影单，影单，煮茶园。作悠闲，心自安。挥毫落墨，只觉得，神清豫欢。轻挑帘帷，喜见月娥弯。夜半题诗因梦起，三五日，近重九，盼回还。

---

①阑珊：残，将尽。宋贺铸《小重山》：“歌断酒阑珊，画船箫鼓转，绿杨湾。”

②阑珊：零乱，歪斜。清纳兰性德《一丛花·咏并蒂莲》：“阑珊玉佩罢霓裳，相对绾红妆。”

人生感悟

无 题

月落疏窗多清幽，东风无语动帘钩。

千千闲绪百般怨，两两相思一样愁。

象管[①]花笺常陪伴，陈玄[②]砚瓦[③]更相俦。

伤心哪顾云烟事，自古多情促白头。

望夫石

闲石已作望夫台，顾盼云中雁字来。

几度窗前花落去，一江愁梦两鬓白。

---

①象管：象牙制的笔管，亦指珍贵的毛笔。

②陈玄：墨的别称，存放年代越陈越佳，故称。

③砚瓦：瓦砚。旧常取古宫殿之瓦为砚，故名，后为砚的通称。

中年感怀

（一）

似水流年半已尘，反躬但问可颓沦？
运蹇犹恨仆欺主，时艰不堪命弄人。
岂有糊涂难成事，若非块垒已修真。
随心得愿皆由我，笑把黄昏作早晨。

（二）

人生苦短且尽欢，南柯一梦日半竿。
醉酒无妨试邀月，裁诗正好独凭栏。
蹉跎颜驷[①]郎终老，放达季鹰怀自安。
覆鹿寻蕉[②]何必问，便乘余兴上云端。

①颜驷：西汉人，字季逵，颜子后代。

②覆鹿寻蕉：比喻恍惚迷离，糊里糊涂或得失无常，一再失利。

暮春见桃花凋零有感

春风化雨巧梳妆，万点欣荣十里香。
天佑三雄同患难，情怜一冢[1]梦凄凉。
武陵仙境空闻赋，白下[2]红颜乱作殇。
阅尽人间千百度，桃花溪畔祭苍黄。

花 开

花开不念栽花人，人在寒冬花在春。
得意熏风皆虚幻，蕊娇色艳岂为真？

---

①一冢：桃花冢，洛河边的一个小小的村落，被洛河和石门河夹在中间，成为一个孤岛。传说孤岛上曾经多桃花，故名桃花冢。桃花冢，也代表姻缘。

②孔尚任的《桃花扇》写的就是发生在白下的故事。

让我们荡起双桨

船儿荡起少年歌，每忆童趣感慨多。

柳荫粘雀补鸟网，花丛扑蝶逗蜂窝。

稚子顽皮总欺树，闺娃淘气常戏河。

岁月熬成双鬓雪，唱尽红尘日如梭。

无 题

日日奔波苦经营，骤得几年好光景。

凡夫登台少承稳，小舟入海不经风。

去岁还值青春少，今年却成蹒跚翁。

休说人生一场梦，未做远谋皆成空。

悲曹霑

红楼梦渐残，涕泪向苍天。

千古文章事，尽为悲与欢。

尘来尘归去，缘聚缘还散。

来去无牵挂，杳鹤如云烟。

真假石头记，留待后人鉴。

尘 世

尘世如梦梦如风，来无影迹去无踪。

不祈天地同荒老，何须仙圣度今生？

奋 发

竹林无处寻，桃源花自深。

红尘梦一段，寂寞才是真。

红楼一梦

痴人勿说梦，僧道何言情。

闲来谈风月，大荒青埂峰。

梦里知音

梦里飞弦一古琴，高山流水见知音。

先贤难掩凡夫众，君去千年吾在今。

辛丑年立冬偶得

如冬夜寒入帘栊，玉尘初飞舞苍穹。

萧萧西风枯瘦菊，嘎嘎雁声落梧桐。

举觞云月星淡淡，秉烛霭烟影曈曈。

客衰流年霜鬓染，不待扬鞭赛青骢。

问 秋

雁过长城万木秋，一轮明月锁高楼。
西风不解绿窗醉，故把更声檐下留。

咏牡丹

万年天下几称王？素颜不吝百花芳。
自从驱叱洛阳地，身价已非寒士堂。

闲情偶得

闲来信手好涂鸦，摘句寻章多日斜。
晨起觅字常问梦，夜半索句漫续茶。
曾扶铁砚磨沧海，欲倚灵珠采仙葩。
此去柏梁云邈邈，聊成一韵乐无涯。

闲夜两首

（一）

卷帘西风窥夜长，晓月霜风催花黄。

人闲何必悲秋事，陆羽[1]逢门谒杜康[2]。

（二）

碧月秋江画楼望，清风惊鹊凌荷塘。

渡口一翁闲来早，缁衣[3]浸露夜未央。

---

①陆羽：字鸿渐，自称桑苎翁，又号竟陵子，复州竟陵（今湖北天门）人。以嗜茶著名，当时被视为“茶神”，撰有《茶经》三卷。

②杜康：传说为最早造酒的人。

③缁衣：指《诗·郑风》篇名。《诗序》谓系赞美郑武公父子之诗；一说为赞美武公好贤之诗。

夜读

幽幽暮色月华长，点点流萤瑞恼香。
半卷诗书知往世，一腔热血赋残章。
英雄横纵乾坤造，雅客风流笔墨昌。
我愧前人功德远，空留慷慨梦西墙。

空问

长忆青娥素女衫，不识恩爱小楼前。
鸳鸯唯怕孤身水，歌馆难消春月寒。
千丝落尽君可笑，一梦徒留人独怜。
红尘有泪谁人负，空问今生半世缘。

月夜无眠

月出东山远，松影有洞天。

云浮光影起，风随笛声传。

酣梦贵如道，小憩亦为班。

红尘千百味，谁识此中缘？

饯 别

阳关一曲断人肠，连天枯草野苍苍。

寒柳当执今日赠，秋词又感古人伤。

西风冷月前程路，孤马残亭两鬓霜。

由来别离难对饮，陈酿半斗暗无香。

欲海无涯

欲海无涯安可填，得陇望蜀怎见边？
熏心利禄同天阔，刻虎画鹄误为巅。

闲 情

轻蘸浅墨闲趣浓，属辞弄文句有声。
月华清风润诗色，恼却人笑痴梦成。

煮酒吟风

月如纱灯雾似帘，山泼水墨草延川。
花前煮酒花前醉，柳下吟风柳下眠。
秋赋雁词冬赞雪，春描画屏夏歌蝉。
何堪梦里诗千首，怎妨心头曲百篇。

送友人

相知恨晚意迟迟，暂向参商[①]觅小诗。

江南水寒梅独绽，塞外雪冷月自痴。

伤怀柳岸雨斜处，促膝芸窗夜尽时。

班马萧萧从此去，落日唏嘘照残枝。

养 花

东篱园贵南山远，且植几盆聊养心。

花随戏乐透春韵，叶飘笔底逗秋吟。

新枝渐老神犹在，娇蕾日重香可寻。

浇水施肥待闲趣，半窗疏影是知音。

---

①参商：喻亲友隔绝，不能相见。三国魏曹植《与吴季重书》：“面有逸景之速，别有参商之阔。”晋陆机《为顾彦赠妇》诗之二：“形影参商乖，音息旷不达。”

武侯祠感怀

将老休逞强，岁月溯流光。
鼓气青山在，攒劲绿水傍。
闲辞常慰己，青丝不盖霜。
思虑复思虑，余生少彷徨。

拆迁废墟有感

里巷少人痕，榛莽[1]月月深。
新芽争拥翠，杂树渐成荫。
风俗争豪气，荒园见世心。
草木添意趣，谁与共浮沉。

①榛莽：杂乱丛生的草木。唐李白《古风》之十四："白骨横千霜，嵯峨蔽榛莽。"

咏菊三首

（一）

樊篱花有色，霁月影无声。

贤重风霜客，德元高雅名。

（二）

风来一室香，当自小楼旁。

团团花中露，莹莹叶上霜。

声无邀冷月，色满润寒阳。

怜此孤芳客，轻吟笔墨长。

（三）

瑟瑟西风一夜来，金蕊袅袅满园开。

疏影淡容霜欺日，娇颜绿颈月上台。

不慕朱门多富贵，偏爱寒舍少钱财。

自是清高声名远，退隐三秋绝尘埃。

春日见桃花渐败有感

无奈花飞缘分迟，谁怜春色绿窗知。
东风别顾良辰短，寂寞未成泪下时。

黛玉葬花

飞花满径谁可收？雨虐风催事不休。
过往繁华皆似梦，世间草木本一丘。

中秋夜与妻赏王羲之行书

霜月见帖夜难眠，吟哦品赏三更天。
窗明移案砚池起，无韵和君愧烛前。

冬日偶遇捡煤妇

捡煤老妪近七旬，臂悬大筐逐车奔。
车去筐翻人掩仰，问及身世泪眼痕。
幼因患病失左臂，青成[1]夫亡天域沉。
独携待哺小儿女，百里漂泊拾荒勤。
朝披寒露暮戴月，一筐屈辱一筐辛。
低眉摧腰任人戏，残躯驱驰为儿心。
数载时光多少泪，盼得娇儿长成人。
儿入公门女娉婷，一朝喜事结成婚。
子随妇贵赘豪门，女嫁夫婿亦温馨。
高楼虹霓华彩屋，未留方寸置母身。
荒草瑟瑟北风劲，佝偻背影傍坟垠。
逢人且说儿女福，目带喜色脸带春。
夜里孤窗门不掩，叹息重重声声闻。
听罢老妪眼涕泣，谁说骨肉见人伦？

---

①青成：指青壮年。

读杜诗有感

一挂凌霄缀画廊，笙歌难解夜惆怅。
四娘小院黄花影，西郊浊酒草堂殇。
不闻乡音多落寞，当知故园也苍茫。
秋思最是离人苦，月满楼台地满霜。

初冬杂咏

寂寞老槐叶枝寒，无言河水泛细澜。
月孤还嫌人影瘦，夜凉犹觉布衣单。
壮心尚在身渐老，晚景应有膝绕欢。
人情反复世风恶，口吟诗书心自宽。

过年

时值寒冬腊月天，千家万户庆团圆。
红灯晓夜朱门里，笙管蛾眉宴席边。
莫道尘世多令曲[1]，焉知穷困少银钱。
无聊且把悲心赋，落拓[2]人儿怕过年。

人生

晨露苍苍人疾行，奔波只为饱家丁。
前方横过辛勤鸟，鸟与凡夫谁更轻？

---

①令曲：短调的词。宋陈鹄《耆旧续闻》卷二：“唐人词多令曲，后人增为大拍，又况屋下架屋，陈腐冗长，所以全篇难得好语也。”

②落拓：贫困失意，景况凄凉。

月下吟四首

（一）

月映烟波水照人，酽酽[1]山色两相亲。

绿蜡[2]斜卷风几许，对韵吟歌酒三巡。

（二）

流韵飞花入我家，春风度柳沐年华。

相逢对饮桃叶渡，竹坞清音伴月茶。

（三）

湖畔娇娥顾自羞，芳心暗许三春游。

蒹葭深处笙歌起，便晓花前月下逑。

---

①酽酽：很浓；程度深。

②绿蜡：指芭蕉的心，叶子卷着未曾展开，像绿色的蜡烛。

（四）

红袖焚香拜月楼，醇酒欲醉半已秋。

红钉错映湖光绮，斜倚紫竹听箜篌。

窗 前

窗前惊雷又五更，寂寞此生意难平。

风摇红烛飞黄晕，雨打青藤落紫英。

只道关山情有价，何堪尺牍[1]恨无声！

阴霾一去芳华日，终是云开见月明。

---

①尺牍：信札，书信。《史记·扁鹊仓公列传论》：“缇萦通尺牍，父得以后宁。”南朝梁刘勰《文心雕龙·书记》：“祢衡代书，亲疏得宜，斯又尺牍之偏才也。”

杂诗三首

知了

择机出土巧营钻，脱壳经济[1]上树端。
百种新姿独孤舞，一支老调再三弹。
忘形振翅常肆意，得意开喉无忌惮。
自诩通知[2]天下事，徒留笑柄在坊间。

母鸡

黎明无语声声哀，生产之时幸福来。
捐献自古多倡导，蛋落谁家费量猜。

---

①经济：经世济民。本诗有讽刺意味，作反语，表示钻营。

② 通知：通晓。《汉书·平帝纪》："征天下通知逸经、古记、天文、历算……至者数千人。"

无题

躬身屏气冷眼观，一手通天满城传。

高楼万丈平地起，基业百年梦时还。

安得广厦千千万，难抚寒门万万千。

谋者无心名利有，谁人罪问鬼城间？

家有考生

春风吹雨柳吹绵，红尘小住又一年。

亦步亦趋随大流，为儿为女熬其间。

身无他长堪何用，家有藏书心亦安。

对镜何须霜鬓愁，满头白发便是仙。

曲木为直

曲木为直终必弯，空望枝头怎得甜。

好事总归善人做，哪有凡人做神仙。

咏老师二首

师魂

曼舞云端志学坚，文韬武略苦钻研。
漏断未眠明月夜，眉开才觉晓星天。
三尺讲台传正道，八方学子探开元。
同舟共济潜心乐，铸魂育人谱新篇。

山坡羊

头着霜露，身披岚雾，朝夕守望耕耘处。绘蓝图，盼心舒。

花开六月香如故，鱼跃龙门欢乐舞。辛，何必数；甜，源自苦。

访客不遇

云外钟磬雁声声，不见当年树下童。
此人乘叶逐水去，青山一脉柿柿红。

叹蔡老师英年早逝

才到世间卅六载，人生襟怀尚未开。

鸟啼花败今何在，桐死竹枯凤难来。

大将阵亡都因勇，良师早逝皆为爱。

九泉莫论三界隔，且送文星入灵台。

闲 坐

闲坐深闺意不休，邻人送客我登楼。

柳枝他折表心意，吾弹长亭十里舟。

柳生愁

人人盼世没烦忧，落雨时分眉上钩。

春色如许发覆雪，湖边羡柳柳生愁。

感 怀

辗转飘零几十秋，半为碌碌半为羞。
童谣已逐纸鸢去，夜梦空牵冷月游。
李帅军前伤旧蠹，范生榜上续新愁。
悠悠渭水映残照，不忿天命染白头。

彩民叹

人言个中有文章，万千痴迷愁断肠。
抓耳挠腮长息叹，吹胡瞪眼暗叫娘。
两元博得豪强势，一夜迎来富贵昌。
梦碎屏前徒自苦，心机费尽是黄粱。

东 风

东风吹醒旧时波，百鸟归来我唱歌。

又是一年花开日，杨柳依依舞婆娑。

时光如驹过罅隙，青春似水易蹉跎。

人生得意终有时，莫叹红尘费琢磨。

打工人

一世沧桑两手空，谁怜辛苦谁人疼。

城中非能黄金来，故里何会珠宝生。

汗洒骄阳风落泪，血浸薄酒雨寄情。

梦里花窗红烛影，几缕相思叹无声。

劝 学

阶前不识桃李情，书山墨海苦修行。
唐风犹有沧桑意，宋雨也存豪迈情。
刺骨悬梁今日难，吟花赋月后人声。
劝君当惜少年华，水过千川渠自成。

秋 夜

樊楼一醉夜无声，点点梆更半入城。
明月悬窗寂寞景，青灯随影绪难宁。
回眸又见黄花好，举手难为华发生。
霜打长廊空自立，且叹寒水渡流萤[①]。

---

①流萤：飞行无定的萤。南朝齐谢朓《玉阶怨》诗："夕殿下珠帘，流萤飞复息。"

遣兴五首

到南方看多年同学，畅谈数日，兴尽，拟归，草就同韵诗五首以分别。

（一）

风雨一程霞一程，波光深处远帆轻，
常记当年回望处，江天依旧待月明。

（二）

孤帆渐滞水云程，万缕余霞向夕轻。
忽听渔歌江上起，谁将波色照天明？

（三）

山水一程又一程，霞光帆影夜行轻。
前路莫愁知己少，且赋弦歌[1]伴月明。

---

①弦歌：依琴瑟而咏歌。《周礼·春官·小师》："小师掌教鼓鼗、柷、敔、埙、箫、管、弦、歌。"郑玄注："弦，谓琴瑟也。歌，依咏诗也。"

（四）

一叶孤舟涉远程，风帆盈满橹摇轻。

经年流寓[1]多少事，都付楼台月照明。

（五）

一层风雨一层霞，影远帆孤何处家？

漫展襟怀千里浪，水流云行到天涯。

叹人生

人生如易话平凡，易如人生好做难。

品味多思常晓悟，修德养性久情缘。

心田淡雅甘宁静，世态沧桑自泰然。

寒暑校园勤育种，栋梁社稷始得安。

①流寓：流落他乡居住。

良骥吟

（一）

何来伯乐识龙驹，良骥悲鸣枉欷吁。
优劣哪堪通运命，尊卑岂但倒贤愚。
鸣鞭无赖疏才学，俯首牺牲陷淖渠。
茫茫千里驮重轭，一世奔波悯恤无。

（二）

伯乐相马骥不期，自奋云蹄望空嘶。
何惧当途盐车轭[1]，难容俯首阪役笞。
枉负铜声敲瘦骨，何如锦鞯补天石。
神龙玉杖耕烟[2]处，瑶台岂有草盛时？

---

①车轭：比喻用人不当。《战国策·楚策六》："夫骥之齿至矣，服盐车而上大行，蹄申膝折，尾湛胕溃，漉汁洒地，白汗交流，中阪迁延，负辕不能上。"

② 耕烟：农家的炊烟，借指隐居生活。南唐张观《过衡山赠廖处士》："到头终为苍生起，休恋耕烟楚水湄。"

迟 归

山中秋色凝碧空，有客夜行步匆匆。
远霞横扫千军帐，一水纵贯万户城[①]。
迟归只借三更月，独坐偏惊一树风。
但得新春席上座，也算人生最高层。

抗 疫

寥廓长空冷月游，越窗遥望水东流。
寒露凝珠田野旷，丹枫若火仙圣愁。
新冠无情犹猖獗，杏林有义堪奉酬。
众志同心金可断，居家静默把心修。

---

①万户城：在今四川云阳县东三坝乡。《方舆记》云："县西三十一里。汉立县于此。今谓之万户城。"

无 题

百川归海是大同，鲲鹏一飞藐苍穹。

争霸须知胸怀远，抱城[1]慎念心如蓬。

汉主用兵兼作赋，项王克敌只图功。

不求百国成基业，但闻有道天地生。

秦楼月 · 空巢老人

秋霜累，老叶飘零何滋味？何滋味，渐行渐远，有谁宽慰？

空庭寂寥无言对，人如瘦竹年年岁。年年岁，残花衰草，倚墙贪睡。

---

①抱城：本义环绕，这里有治理的意思。清吴梅村《过吴江有感》："落日松陵道，堤长欲抱城。"

浣溪沙·辛丑年大寒日偶得

大寒郊野百林枯。难引墨客入诗庐。岁尽冬深雪中赋。

但得寒里生暖意，梦酣惊处野梅疏。桃花庵[1]前一浮图。

双雁儿

庭前藻荇影移身，半倚听，有虚真。万树梨花又添新，入相思，一瘦人。

小楼窗前案无尘，柳曳摇，泛轻云。北晴西烟月当空，昨宵风，吹破晨。

---

①桃花庵：指《桃花庵歌》，是明唐寅创作的一首七言古诗。诗中诗人以桃花仙人自喻，以“老死花酒间”与“鞠躬车马前”分别代指两种截然不同的生活方式，表达了诗人淡泊名利，乐于归隐的态度。

浣溪沙·看秦淮河野钓

和孩子在秦淮河畔散步，看到很多夜钓之人。我说姜子牙钓的是前程命运，他们钓的是什么？孩子说他们钓的是心情。

细柳渔歌晚归舟。碧波粼粼映高楼。凭栏远眺数白鸥。

诗意江南烟雨处，天外鸣雁落沙洲。闲情熙洽[1]钓春秋。

山坡羊·女儿回家

花开庭院，飞来双燕，梦驾香风羞煞莲。倚栏杆，荡秋千。

金蜂玉蝶相陪伴，今宵岂能心性懒。歌，怨曲短。书，嫌笔软。

---

①熙洽：此处指兴盛普及。宋曾巩《贺元丰三年明堂礼毕大赦表》："幸逢熙洽，未奉燕间。一违前跸之音，四遇亲祠之庆。"

江城子·高中同学

初入社会太轻狂，弃职场，业独创。四季奔波，未见有余粮。自诩已非池中物，风云起，必翱翔。

再涉江湖鬓染霜，妻儿想，爷娘望。朝七晚八，为偿车与房。偷得闲暇盼网红，千行泪，一身伤。

南歌子·凭空生嗟怨

凭空生嗟怨，开卷奋墨书。一字一句笔尖涂。不记烦忧旧事，任其枯。

欲忘焉能忘，桩桩件件驻。平平仄仄忆当初。但得西园共赏、柳芽舒。

踏莎行·将老

并未鸣虫，更无啼鸟，耳畔何故闹知了？总嫌飞雪染鬓霜，常嗔镜报姿容老。

几欲争先，奈何潦倒。为甚心满青青草？料得繁华风去时，俗世不合闲事晓。

浣溪沙·心上情思

天欲薄暮人尽转。目送斜阳，烟霞初消散。月挂西窗云团团，风吹星落有谁看？

酒浊皆因尘土染。敬与那人，失却多少憾。心上情思今已满，夜得一半君一半。

蝶恋花·红楼梦

风刀霜剑[1]凋万树。片片飞花，片片韵无数。片片韶光都债负，回眸已是佳期误。

咏遍红楼如梦赴，叹也繁华，叹也多情愫。叹也空空来去路，谁将其中因缘悟？

卜算子·兰开皇泽寺

远闻一段香，近观三分媚，偏安古墙寂寞开，忒少浮华味。

拂面江风来，阆苑如星缀。阅遍人间是与非，蜀山行人醉！

①风刀霜剑：寒风像刀，严霜像剑，形容天气寒冷，刺人肌肤，也比喻恶劣的环境。

山坡羊 · 休忘本

玉管半尺，愁结千仞，孤灯常伴染霜鬓。字字真，动啼痕。

枯墨[①]难表就中恨，惯惹[②]世事多劳损。今，休忘本。明，休忘本。

浣溪沙 · 垂钓老翁

人间花色几度红。老枝逢雨再争葱[③]。新柳湖畔系乌篷。

宿醉离愁常思归，波中弦月又东升。心忧俗世一老翁。

---

①枯墨：国画的一种技法，这里指用尽墨汁。

②惯惹：常常招引。清丁澎《月魄·春晓》：“小窗初日晃帘钩，梦逐东风，惯惹梨花醉。”

③葱：青绿色。

陌上花开·别友

陌上花开又一年，春临人间。去时深冬今复见，拟找寻，片语只言。溪桥花犹在，不见人面。

匆匆一别百念牵，独自凭栏。耳音犹在天涯远。托春风，寄于万安，夙心[①]从未老，心念千千。

安排令·望江楼

安排春思，安排秋思，安排相思君不知。安排闺阁，怨女痴。

对影江头，对影湖舟，对影河山无限愁。对影长空，望云头！

---

①夙心：平素的心愿。《后汉书·文苑传下·赵壹》："惟君明睿，平其夙心。"《周书·齐炀王宪传》："吾之夙心，公宁不悉，但当尽忠竭节耳，知复何言。"

东君探

东君[1]探前，才暖乍寒，半雨半风。宋词唐诗杜康煮，梨花泪，葬稿缘情。

墨守青灯，三更梆鼓，古寺钟声。红肥绿瘦月如霜，恰似那，白发盈盈。

长相思·风一更

风一更，霜一更，沙飞月落雁声声。乡思梦不成！

情难平，意难平，斜阳下山是离情。吾心自可明。

---

①东君：司春之神。唐王初《立春后作》："东君珂佩响珊珊，青驭多时下九关。方信玉霄千万里，春风犹未到人间。"宋辛弃疾《满江红·暮春》："可恨东君，把春去，春来无迹。"

满庭芳·碧池闲闲

贵客辞春，蔷薇迎夏，碧池期待田田。熏风初抵，新叶惹人怜。常忆桃城仲夏，共携手、游赏荷园。万千朵，艳姿绝色，翠盖舞蹁跹。

今朝人未到，清香虽有，不似当年。叠愁起，聊观小叶闲闲[①]。只想花开季节，君能至、丽景同看。游人散，偷生落寞，肜日[②]更摧肝。

---

①闲闲：闲静。唐刘言史《登甘露台》诗："偶至无尘空翠间，雨花甘露境闲闲。"

②肜日：见《高宗肜日》，是《尚书》篇名。高宗祭成汤，有飞雉升鼎耳而雊，祖己训诸王，作《高宗肜日》《高宗之训》。高宗肜日，越有雊雉。祖己曰："惟先格王，正厥事。"

鹧鸪天·望雁归

且把曾经倒满杯，酸甜苦辣勿怨谁。红尘岁月虽静好，不负今生便不亏。

听叶落，望雁归，今生何必问轮回。浊酒若能解万苦，人间怎见泪纷飞？

踏莎行·春风

春风几度花满树。寒窗瘦影，燕归入户。君侯[①]古渡驻。

衣带渐宽是谁负？风敲雨轩，相思踟蹰。总被无情误。

---

①君侯：秦汉时称列侯为丞相；汉以后，用于对达官贵人的敬称，三国魏曹丕《与钟大理书》：“近日南阳宗惠叔，称君侯昔有美玦，闻之惊喜。”

怨回纥·滩浦

滩浦[①]逐浪猛，芦洲摇水风。钓翁听雨落，晚暮笼归鸿。

缘去红尘灭，离歌[②]一叹中。别去相惜泪，明月山水同。

长相思·孤雁声声

想三更，念三更。烛已成烟又秉灯。郎君可解情？

心难宁，绪难宁。孤雁声声入耳听。伊人双泪横。

---

①滩浦：滩岸。清郑观应《盛世危言·交涉》：“其沿海浦滩寸土尺地是何国管辖者，所有所益应归何国理也。”

②离歌：伤别的歌曲。南朝梁何逊《答丘长史诗》：“宴年时未几，离歌倏成赋。”唐骆宾王《送王赞府上京参选赋得鹤》：“离歌凄妙曲，别操绕繁絃。”宋周邦彦《点绛唇》词：“征骑初停，酒行莫放离歌举。”

小重山·忆同学时代

夜半中天悬玉蟾[①]。清辉斜照影、入暮帘。无聊又把寂寥添。研淡墨、声声落素笺。

旧事回心间。烦思抛不尽、盼遥缄[②]。少时你我说三三[③]。而今是、地北望天南。

小桃红·云烟

望眼愁眉对春风，长叹他人梦。好景连连万家笼，怎虚空。

胭脂泪语桃花懂。荒凉尘世，繁华云烟，转眼又青峰。

①玉蟾：月亮的别名，同“冰蟾”“玉盘”等。

②遥缄：远处寄来的书信。

③三三：指三三径。清曹寅《寄题东园》诗之六：“桃坞下多蹊，三三别一径。”

撷芳词·调笑

东君盼，山花乱。梨落桃尽羞颜半。燕衔春，又呢喃。笑借团扇，香熏意染。欢！欢！欢！欢！

良宵短，声漏断。草亭庄蝶愁痕满。闲庭院，遮素幔。梁巢渐暖，修得宿缘。慢！慢！慢！

踏莎行·将老

并未鸣虫，更无啼鸟，却有耳畔闹糟糟。总嫌飞雪染鬓霜，长瞋镜报姿容老！

几欲争先，奈何潦倒，为谁心满青青草？料得品尽寒梅香，踽踽[1]翘首盼春到！

---

①踽踽：形容独自走路时孤零零的样子，引申为落落寡合的样子。宋黄庭坚《放言》之一："踽踽众所忌，悠悠谁与归。"

小重山·惜阴

紫燕衔春又一年。推窗寻月色，云舒卷。玄香[1]润笔落银笺。填新词、寂寥万万千。

雨声难入眠。举杯聊清欢、影儿单。惜阴[2]成恨恨无边。风声起、庭院百花残。

山亭柳·何处凭栏

何处凭栏，望断海云山。愁冉冉，恨潺潺。莫问圣贤垂老，但知尘世多艰。杏坛五斗禄米，也摧茅庵。

且从民疾寻根起，无事碌碌终身残。何零落，自翩翩。潦倒半生闲言，往来异域扬鞭。竭泽堪为腹饱，焉顾中原。

---

①玄香：墨的雅称。

②惜阴：指明代何吾驺的诗《惜阴》。

山坡羊·人世间

遍看世间，非非是是。

一生难解红尘旨。

故自识，莫攀枝，

命虽注定亦穷志，

几多黄卷、轻薄宣纸。

句，平仄起。

韵，善终始。

雨中花慢·自嘲

岁在春秋，一笑辱荣，昏晖[1]送往迎来。怎奈青山碧落[2]，楚雨尘埃。怀素漫行放纵，忍辟言[3]负声裁。慕山门静院，恨落无尘，阶曲青苔。

唯戏酒趣，诗饱闲肠，管他醉汉形骸。舒卷便、看山看水，峦雾烟霾。偶向陶君戏柳，迟归榻梦春怀。隔邻人笑，词无好句，然是呆才。

---

①昏晖：傍晚时分的阳光。

②碧落：天空；青天。

③辟言：邪僻的言论；谬论。《韩非子·饬令》："廷虽有辟言，不得以相干也。"

风入松

新帘半卷日初升，云霁雨晴。滔滔千里东流去，但闻得，雁鸣声声。近浦桃鲜柳嫩，遥山近水草青。

窄窄弦月忒多情，将诉谁听？半生羁旅虚空度，到头来，孑影伶仃。短笛横吹幽咽，离歌怕忆曾经。

金错刀

星淡淡，月溶溶[①]。人儿无语向苍穹。玲珑小字知多少，深忧浅虑几重重？

铺青笺[②]，点余红。相思漫写总不同。春老花残失鳞鸿[③]，使得鲛珠泣双瞳。

①月溶溶：月光似水一般地流动。

②青笺：青色笺纸。

③鸿：此处指书信。

山坡羊·父母

春秋冬夏，功夫无价，

哪来闲空享清暇[①]？

动初霞[②]，撵新牙[③]，

天天都把光阴嫁，

忙后忙前白了发。

朝，谁报答？夕，谁报答？

---

①清暇：清静安闲，亦指清闲之时。

②初霞：早晨。

③新牙：指抚养婴儿。